William Shakespeare

Roméo et Juliette

Dépôt légal : septembre 2022 - Imprimé en Inde - SDP18222
ISBN : 978-2-7542-2709-4

Loi n°49-956 du 16 juillet 1949 sur les publications destinées à la jeunesse, modifiée par la loi n°2011-525 du 17 mai 2011.

Chapitre I

La trêve

Cela se passait au quatorzième siècle, dans la bonne cité de Vérone. Par malheur, deux familles nobles de la cité étaient en guerre l'une contre l'autre depuis fort longtemps. À cause d'anciens griefs, il y avait toujours eu du ressentiment entre les Montaigu et les Capulet. Même si personne ne se souvenait quels étaient ces anciens griefs, les membres de ces familles, leurs serviteurs et amis, ne rataient pas une occasion de se provoquer, s'insulter et se battre.

Un jour, sur l'une des places de la ville, deux jeunes hommes au service des Capulet marchaient et parlaient de leurs ennemis.

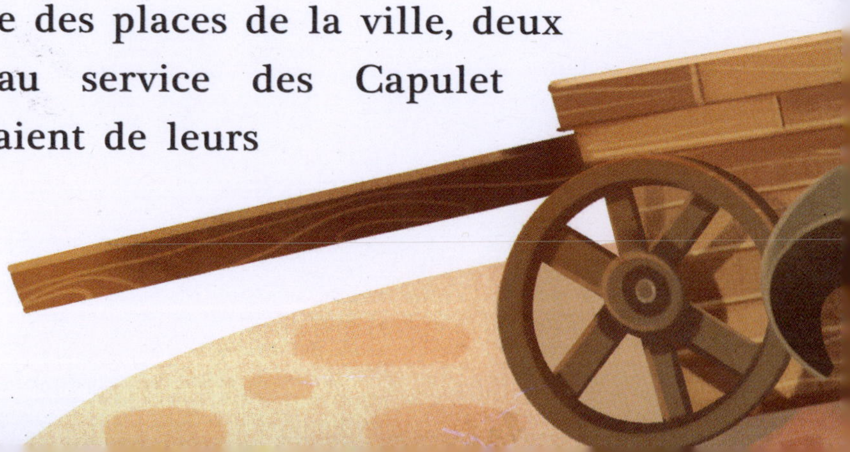

Chapitre I

« Je te jure que je ne peux digérer leurs insultes, dit le premier.

— Tu ne peux les tolérer ? Moi non plus. Gardons nos boucliers à portée de main. »

Puis il montra deux hommes qui s'approchaient : « Ainsi que nos épées… Regarde, voilà venir deux de nos ennemis. »

Il y avait de la tension dans l'air : les quatre rivaux se rapprochèrent, se toisant avec dédain.

C'est alors que l'un d'entre eux lança : « Mon maître vaut bien mieux que le vôtre !

— Vous voulez vous battre, n'est-ce pas ? »

Et c'est bien ce tournant que prirent les choses…

« Prends ça, couard !

— Et prends ça, idiot ! »

Des passants se joignirent à la bagarre, prenant parti pour l'un ou l'autre camp.

Attirés par l'agitation, les deux chefs de famille arrivèrent sur la place.

Le combat se poursuivit, jusqu'à être interrompu par l'arrivée du prince lui-même : « Capulet ! Montaigu ! Êtes-vous des hommes ou des bêtes ? Vous ne cessez de troubler la paix, d'attiser la haine et de faire couler le sang. Mais je vous ordonne de mettre sur-le-champ un terme à vos querelles. Si j'apprends que vous brisez encore la quiétude de nos rues, vous serez condamnés à le payer de vos vies. Et maintenant rentrez chez vous ! »

L'intervention du prince avait empêché plus d'effusion de sang et la place avait retrouvé son calme.

Roméo, le fils du seigneur et de la dame Montaigu

n'avait pas participé à la rixe du matin parce qu'il avait été dans les bois.

Il était épris d'une jeune fille, Rosaline, qui ne lui rendait pas son amour.

Il était si triste qu'il avait voulu se réfugier dans la nature avec sa douleur… Il ne voulait voir personne, il voulait juste pleurer. Mais il ne pouvait s'éclipser toute la journée.

Quand Roméo rentra chez lui, il trouva son cousin qui l'attendait. Benvolio avait été impliqué dans l'échauffourée sur la place. Le jeune Montaigu salua son cousin avec distraction et lui demanda l'heure.

« Roméo, n'as-tu pas entendu la cloche sonner neuf heures ? » répondit Benvolio.

Mais Roméo était perdu dans ses pensées.

Après quelques secondes de silence, il dit : « Benvolio, j'ai entendu parler de ce qu'il s'était passé ce matin. Je n'étais pas en ville.

— Je sais cousin, je t'ai suivi à l'aube et t'ai vu marcher dans les bois, avec un air sombre.

— Oui, j'aime Rosaline, mais elle n'éprouve pas envers moi les mêmes sentiments. »

C'était un amour sans avenir.

« C'est injuste ! se lamenta Roméo.

— Tu es très triste ?

— Oui, je suis affligé, et les heures sont longues…

— Te voir ainsi me fait aussi de la peine.

— Oh, cousin, l'amour est un feu

qui brûle dans les yeux de ceux que nous aimons, mais si l'un des deux n'aime pas, l'amour devient une mer de larmes, soupira Roméo.

— Tu n'as donc aucun espoir de faire évoluer ses sentiments ?

— Aucun espoir.

— Alors ce sont tes propres sentiments qui doivent changer.

— Comment ? Dis-le moi si tu sais vraiment comment je le pourrais.

— Bien sûr que je le sais ! » répliqua Benvolio, qui venait d'avoir une idée.

Peut-être avait-il trouvé un moyen de faire que Roméo oublie la jeune fille dont il s'était épris : il allait y avoir une fête le lendemain à laquelle participeraient maintes charmantes demoiselles.

« L'une de ces jeunes filles dérobera certainement ton cœur. Quand tu l'auras rencontrée, tu ne penseras plus à Rosaline, tu verras. »

Chapitre I

Roméo secoua sa tête et dit :

« Impossible. Mais Rosaline y sera-t-elle ? Si c'est le cas, je viendrai.

— Oui, Rosaline viendra. »

Le visage de Roméo s'éclaira.

« Alors Roméo, irons-nous ensemble à ce bal ? C'est à la demeure des Capulet.

— La demeure des Capulet ? Mais ce sont nos ennemis !

— Ne sais-tu pas ce qu'a dit le prince ? Nous ne pouvons plus nous combattre. Il a décrété une trêve entre nous. Et puis il s'agit d'un bal masqué, tu n'as donc pas à craindre que l'on te reconnaisse. »

Roméo accepta de venir, dans le seul but de pouvoir approcher Rosaline.

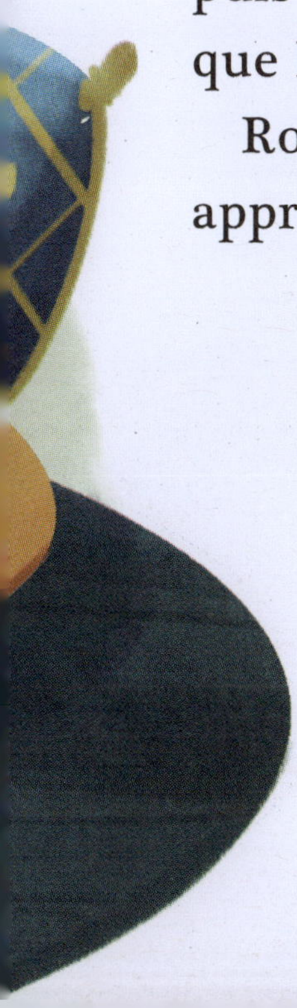

Chapitre II

Le bal masqué

A la demeure des Capulet, les salles étaient pleines de lumières et de victuailles.

Pour l'occasion les invités avaient revêtu leurs plus beaux atours et portaient des masques extravagants et colorés.

Une servante entra dans la chambre de dame Capulet et lui annonça : « Madame, la fête a commencé, les invités sont arrivés, le dîner est servi, et tout le monde n'attend plus que vous.

— Nous arrivons, mais je dois tout d'abord m'entretenir avec Juliette, répondit la dame. Nourrice, allez chercher Juliette et amenez-la moi !

— J'y vais tout de suite, madame. »

« Me voici, Mère, de quoi s'agit-il ? » demanda Juliette avec grâce. Âgée de quatorze ans, elle était la ravissante fille du seigneur et de la dame Capulet.

Sa mère demanda à la nourrice d'assister à la discussion importante qu'elle devait avoir avec Juliette.

« Je voudrais te parler de ton âge, ma chère Juliette. Tu as maintenant quatorze ans. »

« La chère enfant a déjà quatorze ans… Bénie soit-elle ! » ajouta la nourrice avec fierté.

Elle se rappelait les jours passés à prendre soin de la petite fille ; il lui semblait que les années s'étaient envolées si vite. Mais la mère de Juliette n'avait pas fini son discours :

« Juliette, que penses-tu du mariage ?

— C'est un rêve et un honneur, mais pourquoi cette question ? »

Sa mère s'assit sur le lit à côté d'elle et lui caressa la tête.

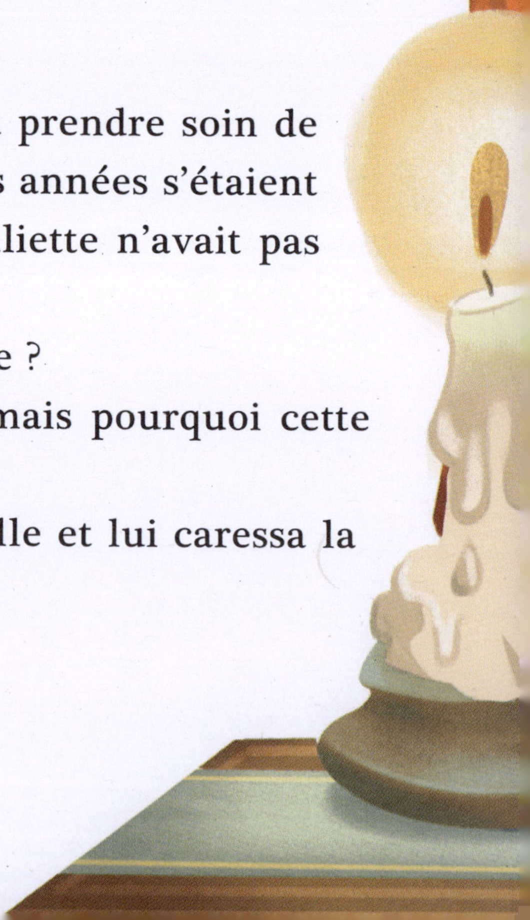

Puis elle lui dit doucement : « À Vérone, de nombreuses filles de ton âge sont déjà mariées. Je t'avais déjà donné naissance à cet âge. »

« Oh, j'aimerais tant te voir mariée, Juliette ! » s'écria la nourrice.

Dame Capulet poursuivit : « Ma fille, tu es la plus belle fleur de Vérone. Et un prétendant a déjà demandé ta main : c'est le vaillant Pâris. C'est un gentilhomme beau et fortuné. Penses-tu pouvoir l'aimer ?

— Si c'est ce que vous et Père souhaitez, alors j'essaierai. Mais quand vais-je le rencontrer ?

— Il a été invité à notre fête, peut-être est-il déjà arrivé. »

La nourrice aida Juliette à s'habiller pour une occasion aussi importante.

Pendant ce temps, Benvolio et Roméo, le visage masqué, avaient pénétré le hall de la maison des Capulet.

« Cousin, va t'amuser, les danses vont bientôt commencer.

— Non, je ne veux pas danser, vas-y sans moi. Mon cœur est triste et lourd comme du plomb... », répondit Roméo.

Rosaline continuait de l'ignorer.

« Ne reste pas ainsi cousin, tu dois réagir ! »

Le seigneur Capulet annonça : « Dames et gentilshommes, bienvenue en notre demeure ! Quand j'étais jeune, moi aussi je dansais en portant un masque. Mais c'était il y a longtemps et c'est maintenant à vous jeunes gens de bouger vos pieds. Que la danse commence ! Musiciens, à vous de jouer ! »

Et c'est à ce moment que Juliette descendit les escaliers qui conduisaient au hall.

Avant l'arrivée de Juliette, le jeune Montaigu pensait qu'il passerait la soirée dans un coin, observant de loin Rosaline. Mais dès qu'il vit Juliette, ses projets furent complètement bouleversés : la beauté de cette jeune fille était bien supérieure à celle de Rosaline.

Son cœur s'allégea et se mit à battre la chamade.

C'était l'amour véritable : un sentiment beaucoup plus intense que ce qu'il avait éprouvé pour Rosaline.

Il s'approcha d'un serviteur et lui dit en montrant Juliette : « Je n'ai de ma vie vu beauté si resplendissante. À côté d'elle, les autres filles semblent laides, même lorsqu'elles sont jolies. Elle est telle une colombe parmi les corbeaux ! »

Tybalt, le neveu du maître de maison, se tenait non loin. Il avait entendu les mots de Roméo et compris qu'il ne figurait pas parmi les invités.

« Mon oncle, voyez-vous ce jeune homme ? Il n'est

pas l'un des nôtres, c'est un Montaigu. Dites à l'un de vos serviteurs de m'apporter mon épée. Comment cet impudent ose-t-il venir en votre demeure ? »

Tybalt était furieux. Emporté par la rage, il prévoyait déjà d'attaquer un de ses vieux ennemis.

« Calme-toi, neveu, répondit le seigneur Capulet, s'il se comporte comme un gentilhomme, il n'y a pas de raison de s'en prendre à lui. Te rappelles-tu des mots du prince ? Il a décrété une trêve. Tiens-toi tranquille et ignore sa présence... Je te le demande. Respecte ma volonté afin que la fête puisse avoir un dénouement heureux.

— Mais je ne saurais tolérer un tel affront ! Un Montaigu dans la maison des Capulet... Quelle honte ! protesta Tybalt.

— Cesse d'être arrogant et va plutôt danser ! » répliqua le seigneur des lieux.

Mais le jeune neveu n'en démordait pas : « Je quitte la fête ! Mais Roméo payera cher cette intrusion ! »

Et alors que Tybalt s'en allait, Roméo s'avança près de la merveilleuse jeune fille masquée qui avait volé son cœur.

Il prit sa main et lui murmura : « Je sais que je ne suis pas digne de toucher votre beauté, mais je pourrais adoucir ce rude contact d'un tendre baiser. »

Juliette laissa Roméo embrasser sa main.

Leur rencontre fut alors brusquement interrompue par la nourrice : « Juliette, votre mère demande à vous voir.

— Qui est sa mère ? demanda Roméo.

— Il s'agit de dame Capulet, la maîtresse de maison ! J'ai pris soin de cette jeune fille et peux vous assurer qu'elle est adorable », répondit la nourrice.

Roméo fut abandonné à ses pensées : il était tombé amoureux d'une Capulet… Et pas n'importe quelle Capulet… La fille du seigneur Capulet, son ennemi le plus acharné. Mais Juliette était la plus douce et la plus belle fille au monde !

Avant d'aller voir sa mère, Juliette demanda à sa nourrice : « Trouve-moi qui est ce jeune homme. »

Quelque temps plus tard, la nourrice revint, la mine inquiète : « Son nom est Roméo et c'est le fils unique du plus grand ennemi de ton père. »

« Quoi ? Mon unique amour naît de mon unique haine ! » pensa Juliette.

Sans le reconnaître du fait de son masque, elle était tombée éperdument amoureuse de Roméo.

Chapitre III

Le balcon de Juliette

Roméo ne pensait plus à Rosaline. Ensorcelé par la magnifique fille des Capulet, par sa douce voix et ses yeux brillants, il était désormais profondément et véritablement amoureux.

Il ne pouvait approcher Juliette en public puisque leurs pères étaient ennemis jurés. Mais l'étincelle de l'amour brûlait déjà intensément en lui.

« Je ne peux rentrer chez moi, mon cœur est ici », pensa Roméo.

Juliette, pour sa part, ne pouvait s'arrêter de penser au jeune Montaigu :

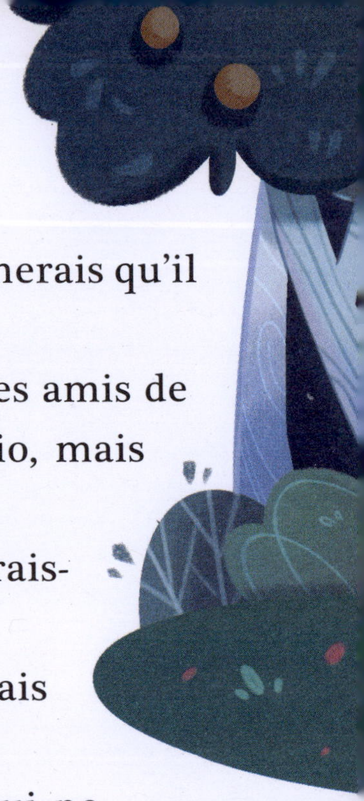

« Je me demande quand je le reverrai... J'aimerais qu'il soit près de moi à l'instant ! »

Après la fête, Mercutio, l'un des plus proches amis de Roméo, le chercha en compagnie de Benvolio, mais l'amoureux ne répondait pas à leurs appels.

« Où es-tu allé Roméo ? Pourquoi ne viendrais-tu pas marcher un peu avec nous ? »

« Es-tu déjà rentré, le cœur brisé ? Tu semblais pourtant te sentir mieux. »

« Partons, il est inutile de chercher ceux qui ne souhaitent être trouvés. »

Roméo ne répondait pas à ses amis car il était dans le jardin des Capulet, caché dans des buissons, les yeux rivés sur les fenêtres de la jeune fille.

« Juliette est le soleil qui éclaire les ténèbres. La Lune semble bien pâle en comparaison. L'éclat de ses yeux fait honte aux étoiles », pensa-t-il quand il la vit apparaître à sa fenêtre.

« Quand elle s'avance, la nuit devient le jour. Elle appuie sa main sur sa joue si gracieusement… Oh ! Que ne suis-je le gant de cette main ! Je dois lui faire savoir que mon cœur bat pour elle. »

Juliette, répondant à l'appel de l'amour sort sur son balcon et soupire : « Oh Roméo, Roméo, pourquoi es-tu Roméo ? Renie ton père et abandonne ton nom… Ou si tu ne le veux pas, jure de m'aimer et je ne serai plus une

Capulet. Qu'y a-t-il dans un nom ? Je veux seulement que tu sois toi. Ce que nous appelons une rose sentirait aussi bon sous un autre nom. Roméo, renonce à ton nom, et tu pourras être mon compagnon ! »

Roméo sortit des buissons et répondit :

« Juliette, je te prends au mot ! Appelle-moi seulement ton amour, je changerais de nom et désormais ne serais plus Roméo.

— Qui parle ? Comment as-tu franchi les très hauts murs de notre jardin ?

— J'ai volé à toi sur les ailes de l'amour.

— Quel est ton nom ?

— Je te l'ai dit, je suis l'amour, car mon autre nom est pour toi un ennemi.

— Tu es Roméo et un Montaigu, n'est-ce pas ? Je reconnais le son de ta voix, plaisante à mes oreilles.

— Ni l'un ni l'autre belle jeune fille, si tu détestes l'un et l'autre. S'ils étaient écrits sur une page, je la déchirerais. »

Mais Juliette était inquiète : « Si ma famille découvre ta présence, ils essaieront de te tuer !

— Personne ne peut arrêter l'amour, insista Roméo, les yeux brillants de fierté et de détermination.

— Pars, je ne voudrais pour rien au monde qu'ils te trouvent ici ! » l'implora sa bien-aimée.

Roméo cependant n'avait aucunement l'intention de laisser son aimée :

« Le manteau de la nuit me soustraira à leurs yeux !

— Et si ce n'était pas le cas ?

— Je crains plus ton regard que vingt de leurs épées. Si tu ne m'aimes pas, je préfère mourir. Plutôt périr de leur haine que d'être privé de ton amour ! »

Juliette soupira et dit : « Oh, Roméo, peut-être trouveras-tu ma conduite inappropriée. Je sais que je devrais faire preuve de plus de retenue, mais tu m'as déjà entendue déclarer mon amour pour toi.

— Oui, j'ai entendu et je jure que je t'aime.

— Ne jure pas ! Notre amour éclora doucement et sera une jolie fleur lorsque nous nous rencontrerons à nouveau. »

La nourrice appela Juliette depuis la chambre, et la jeune fille murmura à Roméo : « Cher amour, attends-moi un peu, je reviens. »

L'amoureux resta à l'attendre, se

demandant si tout cela n'était qu'un rêve, après tout c'était la nuit et il se sentait si heureux… C'était trop beau pour être vrai.

Quelque temps plus tard la jeune fille était de nouveau à son balcon : « Quelques mots, Roméo, avant de te souhaiter bonne nuit. Si tu veux m'épouser, envoie quelqu'un demain pour me faire savoir où et quand. Je te suivrais jusqu'au bout du monde ! Mais si tes intentions ne sont pas honorables, je t'implore de cesser

de me courtiser et de me laisser à mon chagrin.

— Ma beauté, répondit le jeune homme, ta voix est si douce et mélodieuse à mes oreilles. Mes intentions sont honorables et j'espère de tout mon cœur que personne ne pourra nous séparer.

— Bonne nuit, Roméo… Me séparer de toi est si douloureux que je souhaiterais te dire bonne nuit jusqu'au matin.

— Et j'aimerais rester devant toi pour toujours afin de t'avoir dans mes yeux et dans mon cœur. Je dois maintenant y aller. Jusqu'à demain !

— Encore une seconde !

— Je ne peux, à demain !

— À demain, mon aimé !

— À demain, mon amour ! »

Chapitre IV

Un mariage secret

C'est à une heure très matinale que Roméo toqua à la porte de l'église.

Frère Laurent l'accueillit et lui dit : « Si un jeune homme se réveille à l'aube, cela veut dire que son esprit est troublé. Ou qu'il ne s'est même pas couché de la nuit.

— C'est exact, je n'ai pas dormi une seule minute. »

Frère Laurent connaissait Roméo et pensait qu'il avait passé la nuit avec Rosaline.

« Étais-tu avec Rosaline ? As-tu été la retrouver ?

— Non mon père, j'ai oublié qui était Rosaline, répondit Roméo.

— Voilà qui est bien mon garçon, mais où étais-tu alors ? »

Roméo lui dit que la nuit passée il avait accepté d'aller avec ses amis au bal masqué donné à la maison Capulet. « Et mon cœur fut percé dans la maison de l'ennemi ! J'ai vu Juliette, la fille du seigneur Capulet, et je suis tombé follement amoureux d'elle. Maintenant j'ai besoin de votre aide, mon père.

— T'aider ? Mais de quelle façon ? demanda Frère Laurent, confus.

— Vous devez nous marier aujourd'hui même ! »

Le prêtre resta ébahi un moment, avant de

s'écrier : « Par Saint François ! Jésus Marie ! Que dis-tu ? C'est donc vrai que l'amour des jeunes gens n'est pas vraiment dans le cœur, mais seulement dans les yeux… As-tu déjà oublié Rosaline, après toutes les larmes que tu as pleurées pour elle ? Et désormais tu veux épouser Juliette ?

— Mais mon père, vous m'avez souvent reproché mon amour pour Rosaline.

— Je ne te reprochais pas d'être amoureux, mais de ne pas savoir de quoi tu parlais, et tu recommences.

— Alors vous ne m'aiderez pas ? Sachez que c'est pourtant de la plus haute importance, car désormais je comprends ce qu'aimer veut dire. Mes sentiments pour Rosaline n'avaient pas cette profondeur. »

Frère Laurent réfléchit un moment avant de répondre : « Je t'aiderai, car votre union pourrait changer en affection la rancune entre vos familles et apporter la paix à Vérone.

— Alors allons-y, il faut faire vite.

— Une seconde, Roméo, souviens-toi qu'il est préférable

d'aller lentement mais sûrement : qui court trop vite trébuche. »

Pendant ce temps, Mercutio et Benvolio s'inquiétaient car un des serviteurs de la famille Montaigu leur avait dit que Roméo n'était pas rentré cette nuit.

« Où peut-il être ?

— Je ne sais pas. Mais le serviteur a dit que Tybalt lui avait envoyé une lettre à la maison. »

Cette lettre était certainement un défi. À cette époque, si l'on vous envoyait une telle lettre, vous ne pouviez refuser le défi sans compromettre votre honneur.

« Hélas, c'est comme si Roméo était déjà mort, Tybalt est réputé être un duelliste hors pair. »

Ils virent alors Roméo apparaître tout à coup au tournant de la rue.

« Où étais-tu ?

— Tu nous as faussé compagnie hier et nous ne sommes pas parvenus à te retrouver.

— Pardonnez-moi mes amis, j'avais quelque chose d'important à faire. »

De quoi Roméo parlait-il ?

Il s'agissait probablement du duel avec le Capulet.

Mais Benvolio et Mercutio remarquèrent que Roméo avait changé : il était de meilleure humeur et plus souriant.

Les trois amis discutèrent et plaisantèrent ensemble, à leur habitude, avant d'être interrompus par une femme qui cherchait Roméo.

C'était la nourrice de Juliette, qui venait pour entendre son message.

« Ma jeune maîtresse m'a chargée de vous trouver. Mais avant de me transmettre votre message, vous devez me promettre que vous la traiterez toujours avec bonté et respect.

— Je vous assure que je le ferai.

— Très bien. Je vous écoute donc.

— Dites à Juliette qu'elle doit s'arranger pour aller se confesser cet après-midi à l'église du frère Laurent.

— Elle y sera. »

Roméo dit à la nourrice que l'un de ses valets lui apporterait une échelle de corde.

« J'en aurai besoin ce soir pour monter au balcon et rejoindre dans sa chambre Juliette, ma bien-aimée et épouse.

— Votre épouse ?

— Oui, frère Laurent nous mariera avant ce soir. »

La nourrice, qui aimait Juliette, sourit et dit à Roméo : « Béni sois-tu ! »

Avant de le quitter, elle demanda à Roméo s'ils pouvaient faire confiance à son valet. : « Vous connaissez le dicton… deux peuvent garder un secret si l'un ne le connaît pas.

— Vous pouvez être sûre que mon valet n'en parlera à personne. »

Mercutio et Benvolio n'avaient pas entendu la conversation secrète.

« Que lui a dit cette femme ?

— Probablement elle l'a invité dîner à une noble maison. »

Ils cessèrent d'y penser et ne posèrent pas de question à Roméo.

Juliette était impatiente de savoir ce que Roméo avait dit à sa nourrice. Quand cette dernière lui révéla le plan de son amoureux, elle fut transportée de joie : elle rougit et son cœur se mit à battre à toute vitesse. Elle s'empressa ensuite de demander à sa mère la permission d'aller se confesser.

« Je suis tellement amoureux de ma Juliette, dit Roméo en entrant dans l'église, qu'aucune douleur ne sera jamais plus forte que la joie d'être avec elle ne serait-ce qu'une minute ! »

Frère Laurent le mit en garde : « Ne sois pas si hâtif, mon garçon, amour violent se consume plus rapidement. »

Un moment plus tard, la fille du seigneur Capulet fit elle aussi son entrée dans l'église.

« Bonsoir mon confesseur ! » dit Juliette à frère Laurent, en se hâtant d'aller serrer Roméo dans ses bras.

Le jeune Montaigu lui demanda : « Juliette, es-tu heureuse avec moi ?

— Oh, oui, je le suis ! » répondit la jeune fille.

Le mariage pouvait maintenant avoir lieu : Roméo et Juliette devinrent ainsi mari et femme, à jamais, ainsi qu'ils le désiraient.

Chapitre V

Le combat

Pendant que Roméo épousait en secret sa bien-aimée, Benvolio, Mercutio et d'autres Montaigu marchaient dans les rues de Vérone.

Benvolio dit aux autres : « Il y a des Capulet aux alentours, peut-être devrions-nous rentrer, il pourrait y avoir une bagarre si nous les croisons.

— Tu dis cela ? Toi qui es toujours prêt à te battre ? répondit Mercutio.

— Oui, parce que tu es pire encore que moi.

— Mon ami, ne me fais pas la leçon. »

Les Capulet voient les Montaigu et s'avancent vers eux. Tybalt des Capulet et Mercutio des Montaigu commencent à s'envoyer des piques et se provoquer l'un l'autre.

« Puis-je dire un mot à l'un d'entre vous ? demanda Tybalt

— Tu veux dire un mot et un coup, répliqua Mercutio. »

Tybalt dégaina son épée : « Je suis prêt, si vous m'en donnez l'occasion. »

Et ils continuèrent ainsi jusqu'à ce qu'arrive Roméo.

« Voici mon homme », s'écria Tybalt avec un sourire moqueur.

Il voulait mettre en colère ses ennemis et les combattre.

Mercutio et Benvolio protestèrent de façon véhémente : « Ce n'est pas l'un des vôtres. Roméo est un Montaigu. » Mais en fin de compte aucun n'avait tort, puisque Roméo avait épousé Juliette, il s'était ainsi rapproché de la famille Capulet. Mais il ne pouvait bien entendu révéler son secret.

Mercutio, qui voulait se battre, dégaina lui aussi son épée.

« Remets ton épée au fourreau ! » l'implora Roméo, qui ne voulait pas que la situation s'envenime.

Mais la bagarre avait déjà commencé.

« Roméo est un couard, ne voyez-vous pas ? Il refuse de se battre, dit Tybalt.

— Si je ne me bats pas, c'est pour une bonne raison, qu'un jour tu connaîtras, répliqua le jeune Montaigu. »

Les choses commençaient à devenir sérieuses, c'est pourquoi Roméo demanda à Benvolio son aide pour désarmer les duellistes. Puis il s'exclama :

« Cessez cette folie ! Le prince a dit que nous ne devions plus nous battre dans les rues de Vérone, il l'a expressément interdit ! Tybalt, Mercutio, arrêtez ! »

Mercutio lui répondit : « Combats à mes côtés ! »

Et Tybalt l'insulta : « J'ai donc raison, Roméo tu es un pleutre ! »

Le combat se poursuivit, et quand les Capulet s'enfuirent, Mercutio tomba au sol. Tybalt l'avait atteint !

« Maudits soient les Capulet et les Montaigu ! » s'écria l'ami de Roméo. Puis il ferma les yeux, pour toujours.

Devant Mercutio à terre, Roméo se lamentait : « Par ma faute, Mercutio a perdu la vie ! Je dois le venger ! »

Tybalt, qui sans le savoir était devenu le cousin de Roméo une heure plus tôt, avait dépassé les bornes.

« J'ai été trop bon et n'ai pas riposté aux coups de nos ennemis. La beauté de Juliette a amolli l'acier de mon courage. Mais je dois venger mon honneur et celui de Mercutio ! » annonça Roméo, en colère contre Tybalt, mais aussi contre lui-même. Il partit donc à la recherche de Tybalt. Il le trouva sur une place de la ville, en compagnie de ses hommes, affichant un air triomphant.

« Retire maintenant ce nom de couard que tu m'as donné tout à l'heure ! » lui cria le fils du seigneur Montaigu. Le jeune homme dégaina et ajouta : « L'un de nous deux doit subir le même sort que Mercutio ! »

Tybalt répliqua : « Misérable gamin, ce sera toi ! »

Roméo se jeta sur son adversaire et un rude duel s'engagea, dont Roméo sortit victorieux.

Le corps de Tybalt resta au sol et Roméo s'enfuit devant l'arrivée du prince et de ses hommes.

Chapitre VI

La sentence de Roméo

Que s'est-il passé ? » demanda le prince. La foule rassemblée sur la place lui avait déjà appris que Mercutio avait été tué.

Benvolio se hâta de répondre : « Noble prince, il y a eu un combat à l'issue fatale. L'homme à terre que vous voyez là est celui qui a tué Mercutio et qui a ensuite été défié par Roméo Montaigu.

— Oh Tybalt, mon cousin ! » s'écria la mère de Juliette qui réclama justice. « Prince, le sang de mon parent a coulé et les Montaigu doivent payer pour cela !

— Qui a commencé la rixe ? demanda le prince.

— C'est Tybalt qui a provoqué la querelle. »

Dame Capulet intervint alors : « Ne l'écoutez pas, il dit cela car c'est un Montaigu. Mais vous devez…

— Il suffit ! l'interrompit le prince. Un Capulet et un Montaigu ont été blessés. Moi-même et tous dans cette cité souffrons à cause de vos disputes et je regrette les blessures infligées. Je condamne Roméo à l'exil, loin de Vérone. La chose est décidée ! »

La place était toujours remplie de curieux qui voulaient savoir ce qui s'était produit.

Le prince, irrité et offensé, lança un dernier ordre avant de quitter les lieux : « Occupez-vous de ce corps, et dites à Roméo qu'à compter de demain, s'il paraît à Vérone de nouveau, il lui en cuira ! »

La nuit était douce pour Juliette, qui n'avait pas encore entendu parler de la bagarre et attendait son époux : « Il brille dans le ciel comme une étoile qui illumine cette nuit… »

La jeune fille appela sa nourrice, qui avait amené l'échelle de corde afin que Roméo puisse grimper au balcon.

« Ah, malheur ! s'écria la nourrice en dépliant l'échelle de corde.

— Pourquoi te lamentes-tu ? demanda Juliette.

— À cause du sang versé dans notre famille ! Oh quelle terrible journée !

— Parle nourrice, quelque chose est-il arrivé à mon Roméo ? »

La jeune fille pensa tout d'abord que son mari était un menteur, puis elle s'enleva cette idée de la tête. Certainement Roméo n'avait fait que se défendre, sans quoi Tybalt aurait pu le tuer.

« Mon époux est en vie et cela me réconforte.

— Mais tu ne pourras le voir, le prince l'a banni.

— Comment ? »

Juliette était en plein désarroi. Roméo devrait partir alors qu'elle venait juste de l'épouser.

« Viens, nous devons rejoindre les autres Capulet pour les funérailles de Tybalt, lui dit la nourrice.

— Vas-y seule, ce soir je réserve mon chagrin à l'exil de Roméo. »

La femme, voyant combien Juliette souffrait lui révéla : « Je sais où trouver Roméo. Je vais aller le voir et lui dire de te retrouver ici. »

L'attitude de Juliette changea immédiatement : « Oh, oui, va trouver mon Roméo ! »
La jeune fille donna à la nourrice son anneau : « Donne-lui cela et dis-lui que je l'attends pour lui dire adieu ! »

Le frère Laurent transmit les nouvelles à Roméo : « Tu as de la chance, la sentence du prince aurait pu être plus lourde, tu ne perds que la possibilité de rester à Vérone.
— Oh, non ! Je ne peux le croire ! répliqua Roméo
— Tu dois l'accepter, le monde est vaste et tu as de l'argent… Tu peux aller où tu veux.
— Mon père, il n'y a pas de monde pour moi en dehors de Vérone.

— Mon garçon, ne comprends-tu pas que le prince a été compréhensif à ton égard ?
— Sans Juliette l'exil est bien plus terrible que la mort. »
Roméo était désespéré : n'importe qui à Vérone pourrait

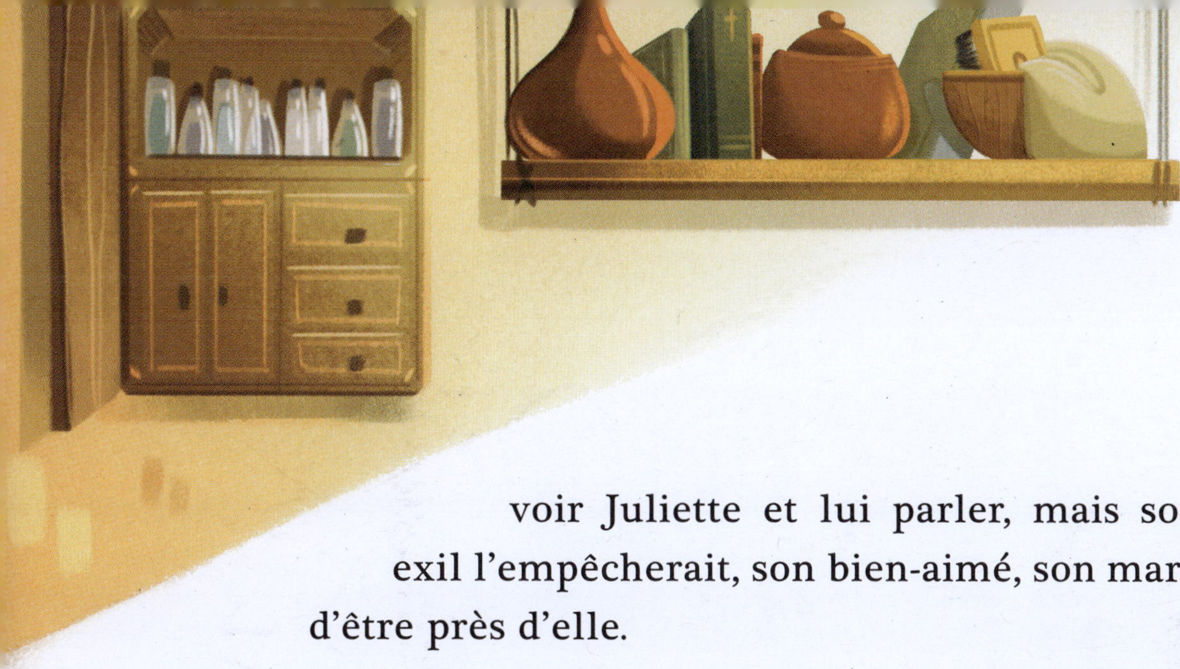

voir Juliette et lui parler, mais son exil l'empêcherait, son bien-aimé, son mari, d'être près d'elle.

Mais tout à coup quelqu'un toqua à la porte, et il dut se cacher. Frère Laurent fit entrer la nourrice. Elle apportait un message de Juliette. Roméo sortit de sa cachette et lui demanda : « Comment va-t-elle ? Pense-t-elle que je suis un horrible criminel ? Pense-t-elle que notre amour est perdu à jamais ?

— Juliette ne fait que pleurer, elle appelle son cousin Tybalt et elle appelle Roméo. Voici son anneau. »

Frère Laurent réfléchit un moment, puis dit : « Roméo, tu dois aller à Mantoue. Ton valet te tiendra informé de ce qu'il se passe à Vérone. Adieu ! »

Chapitre VII

Une demande en mariage

« Je reviendrai dans quelque temps », dit Pâris à dame Capulet. Il était venu à la maison de Juliette pour parler de sa demande en mariage, mais n'avait pu la voir à cause des événements de cette nuit.

« Juliette aimait tellement son cousin Tybalt… Elle s'enferme dans sa douleur. Je suis désolé, Pâris, nous n'avons pu reparler de votre proposition, et elle ne souhaite pas se montrer ce soir. »

Le père de la jeune fille s'avança : « Mais je vous assure, noble Pâris, que vous pouvez compter sur l'amour qu'elle vous portera. Elle tiendra compte de mon conseil d'accepter votre proposition. Quel jour sommes-nous ?

— Lundi.

— Très bien. Ma chère, monte dire à Juliette que jeudi elle sera mariée à ce noble comte.

— Il me tarde d'être jeudi ! s'exclama Pâris.

— Nous ne ferons pas de grandes réjouissances, compte tenu de ce qui est arrivé à notre neveu. Il y aura une douzaine de personnes, famille et amis.

— Bien entendu, je comprends. »

Et ainsi Pâris s’en alla heureux, sans savoir que Juliette s’était déjà mariée en secret.

Pendant ce temps, Roméo escaladait les murs du domaine Capulet et se cachait dans les buissons du jardin. Sa femme, qui l’attendait, sortit sur son balcon et le vit.

Alors, dans l’obscurité de la nuit, Roméo grimpa l’échelle de corde et entra dans sa chambre.

Les deux amoureux se serrèrent fort l’un contre l’autre.

Ils savaient qu’ils ne se reverraient pas avant longtemps, peut-être jamais.

« Ne pars pas tout de suite, ce n'est pas encore le matin !

— Je resterai demain, si tu le souhaitais, peu importe s'ils m'attrapent.

— Non, Roméo, tu dois être à Mantoue avant demain.

— Mais je veux rester près de toi !

— J'aimerais que tu restes moi aussi. Crois-tu que nous nous rejoindrons un jour ?

— Je n'en doute pas Juliette, et cela me réconfortera dans les temps à venir.

— Cela me réconfortera moi aussi.

— Un baiser et je pars.

— Va, va ! Quelqu'un arrive ! Un dernier baiser !

— Adieu, mon amour !

— Adieu, mon bien-aimé ! »

Aussitôt Roméo parti, Juliette tomba sur son lit et pleura. Sa mère entra dans la chambre et demanda : « Pleures-tu encore le malheur de ton cousin ? Eh bien, ne pleure plus ma douce enfant, je vais envoyer quelqu'un à Mantoue faire justice, ce Roméo doit mourir ! »

La jeune fille ne pouvait révéler qu'elle était amoureuse du jeune Montaigu et l'avait épousé…

Dame Capulet changea alors de sujet : « Parlons maintenant de choses joyeuses.

— Quelles choses joyeuses, mère ?

— Ton mariage avec le comte Pâris. Ton père a donné son accord.

— Comment ?

— Jeudi, le noble Pâris fera de toi une épouse heureuse à l'église Saint-Pierre.

— Mais je ne veux pas me marier maintenant !

— Quand alors, dis-moi ?

— C'est… C'est trop tôt. Et ce n'est pas lui que je veux épouser. »

Le seigneur Capulet entra alors dans la chambre : « Quelle est cette mer de larmes ? Pourquoi ma fille pleure encore ? »

Quand sa femme lui dit que Juliette ne voulait pas épouser Pâris, il perdit son sang-froid :

« Comment oses-tu contredire ton père ! Tu devrais me remercier, tu devrais te sentir chanceuse, fière et heureuse ! Si tu ne veux pas te rendre à l'église jeudi, je t'y traînerai sur un chariot !

— Je t'implore d'écouter mes raisons… » le supplia Juliette.

Mais son père poursuivit impitoyablement et lui dit qu'il la renierait si elle n'obéissait pas.

« Oh, ma mère bien-aimée, ne me rejetez pas, ne m'abandonnez pas ! » s'écria la jeune fille.

La nourrice essaya de la consoler et lui donna ce conseil : « Ma chérie, un jour tu seras heureuse, peut-être ferais-tu mieux d'accepter la proposition du comte.

Roméo ne reviendra pas pour toi. Pâris est un gentilhomme et il t'aime. Tu pourrais être heureuse avec ce second mariage. Il sera meilleur que le premier, tu verras. »

Chapitre VIII

Une confession et un plan

Juliette envoya sa nourrice : « Va dire à ma mère que, puisque j'ai fâché mon père, j'ai besoin d'aller me confesser auprès de frère Laurent. »

La nourrice lui dit que c'était là une sage décision.

« Je mourrais plutôt que de faire ce que l'on attend de moi ! » persistait à penser la jeune fille, même si elle gardait cela pour elle.

Juliette ne savait pas que son promis, le comte, l'avait précédée auprès de frère Laurent.

« Je suis ravi de vous voir, ma dame ! se félicita Pâris.

— Je n'ai pas le temps de m'arrêter vous parler, répondit

hâtivement la jeune fille, je dois aller me confesser.

— Comme vous le voudrez, nous nous verrons jeudi à notre mariage ! » répondit le jeune homme.

Puis Juliette demanda au frère s'il y avait toujours un espoir qu'elle revoie Roméo.

« Si je ne peux serrer à nouveau Roméo contre moi, plutôt mourir que d'épouser ce Pâris ! »

Le brave homme lui répondit ainsi : « Écoute-moi ma fille, si tu es si désespérée que tu penses à prendre ta propre vie, tu devrais suivre mon plan.

— Quel plan ? »

Le frère resta silencieux quelques minutes.

« Parlez frère Laurent ! Dites-moi ce que vous avez

en tête. Vous savez que je préférerais la compagnie des serpents et des voleurs, des ours féroces et des squelettes, plutôt que de me marier ce jeudi ! »

Le frère ouvrit un tiroir et en sortit une fiole. Puis il dit : « Prends cela, va à la maison, prétends que tu as changé d'avis et que tu seras heureuse d'épouser le comte. Quand tu seras au lit la nuit avant les noces, bois ce liquide. Ton cœur cessera de battre. Tu deviendras raide, dure et froide… et cesseras de respirer. Cela sera comme si tu étais morte, mais tu seras toujours vivante : tu dormiras pendant quarante-deux heures. Cela sera suffisant pour éviter le mariage que tu crains tant.

— Mais que se passera-t-il ensuite ?

— Tu seras conduite, comme le veut la coutume, à la crypte où reposent les Capulet défunts.
J'enverrai une lettre à Roméo pour l'informer du plan, et quand tu te réveilleras de ce plaisant sommeil, tu le trouveras qui t'attendra à tes côtés. Il te conduira alors en secret à Mantoue. Pars maintenant !

— Cher frère, j'ai hâte que cela se produise ! Merci pour votre aide. » dit Juliette.

Elle rentra à la maison, un nouvel espoir brûlant dans son cœur.

Sa nourrice fut la première à la voir revenir de l'église : « Elle semble calme et joyeuse.

— La confession a dû lui faire du bien, dit dame Capulet.

— A-t-elle finalement repris ses esprits ? » se demanda le seigneur Capulet.

Juliette fit semblant d'être de bonne humeur et dit qu'elle regrettait sa désobéissance envers ses parents : « Père, Mère, je vous prie de me pardonner. Désormais je vous laisserai me guider.

— Très bien. Quel homme excellent que ce frère Laurent ! Tu seras mariée demain. J'envoie au comte un serviteur pour l'informer que tout va bien.

Nourrice, va avec Juliette pour préparer sa robe de mariée. »

Mais une fois dans la chambre, Juliette demanda à la nourrice de la laisser seule :

« Je veux rester seule et prier, laisse-moi donc et va avec ma mère préparer les réjouissances de demain. »

Puis elle prit la fiole, qui était cachée dans ses vêtements, s'allongea sur le lit et avala son contenu d'une traite, pensant qu'elle embrasserait bientôt Roméo.

Chapitre IX

La mort simulée

Pourquoi s'est-elle couchée habillée ainsi, pourquoi ne se réveille-t-elle pas ? » se demandait la nourrice le lendemain matin, secouant le corps inerte de la future mariée. « Juliette est morte, c'est un jour de douleur, un jour tragique ! » cria-t-elle.

Tout le monde accourut dans la chambre, criant et pleurant, choqués et désespérés.

Juliette semblait pâle et immobile comme si elle était morte.

« Ma fille, la plus belle fleur de Vérone… C'était le jour de son mariage ! s'écria son père.

— Notre douce Juliette, mariée à la mort ! » dit sa mère.

Et c'est ainsi le deuil qui accueillit Pâris quand il entra dans la maison Capulet pour voir sa promise.

« Oh, mort cruelle, se lamenta-t-il.

— Frère Laurent, venez voir et constatez, notre fille est maintenant au paradis.

— Le paradis la gardera éternellement en vie, répondit le frère. Habillez-la maintenant de ses plus beaux habits, couvrez-la de romarin comme le veut la coutume et conduisez-la à l'église pour les funérailles. »

Tout se déroulait selon le plan : l'anesthésiant avait fonctionné et Juliette n'était pas en danger.

Les cloches sonnèrent le glas partout dans Vérone. Les habitants comprirent qu'il y aurait un enterrement plutôt qu'un mariage. La messe eut lieu avec hymnes solennels et pleurs d'affliction.

Les Capulet étaient abattus, ils pensaient n'avoir jamais reçu une punition si effroyable.

Pendant ce temps, à Mantoue, Roméo s'était réveillé avec le sourire en se disant : « J'ai fait un rêve si merveilleux. J'étais mort et Juliette me ramenait à la vie d'un baiser. Ce doit être un bon présage. Je me demande ce que l'avenir nous réserve. »

Mais les nouvelles apportées par son valet lui donnèrent tort. Il revenait de Vérone et apprit à Roméo la triste nouvelle de la mort de Juliette. Qu'était-il arrivé à la lettre que frère Laurent avait envoyée à Roméo pour lui expliquer son plan ? Personne ne l'avait remise à Roméo.

« Que dis-tu ? Ma bien-aimée est morte ? Non, cela ne se peut !

— C'est pourtant vrai, mon maître. J'ai vu sa dépouille reposer dans la crypte de la famille Capulet. Juliette vit parmi les anges désormais.

— Oh infortune, comme tu es prompte à désespérer les hommes ! »

Se tenant la tête dans ses mains, Roméo se mit à penser à se procurer du poison.

Il avait vu non loin un apothicaire, sinistre homme qui vendait des peaux de poissons, des tortues séchées et des alligators empaillés. Il pourrait certainement trouver une concoction mortelle dans cette lugubre échoppe. La vente de poison était cependant passible de mort. « Valet, loue sur-le-champ des chevaux, je veux partir, je dois aller à la crypte, je vais reposer à jamais auprès de Juliette ! » s'écria le jeune Capulet. Il ne savait ce qu'il s'était réellement passé et avait perdu tout espoir.

« Je vous en supplie, ne faites pas cela, cela finira mal…

— Hâte-toi valet, et laisse-moi. »

Roméo ne perdit pas de temps. Il alla chez l'apothicaire et, pour quarante ducats, lui acheta du poison.

Tous ses rêves avaient volé en éclats et son cœur brisé l'empêchait de penser lucidement.

Chapitre X

Une triste fin

Frère Laurent faisait les cent pas dans l'église : il attendait frère Jean, qu'il avait envoyé à Mantoue pour qu'il donne à Roméo la lettre qui expliquait son plan secret.

« Comment cela s'est passé ? Qu'a dit Roméo ? Vous a-t-il donné une lettre pour moi ? »

Mais frère Jean répondit : « Je suis désolé, je n'ai pu délivrer le message au jeune Montaigu. J'ai été arrêté par les gardes qui craignaient une contagion de la peste. Ils ont fermé les portes de la ville et j'ai dû revenir sur mes pas. »

Quand frère Jean lui rendit sa lettre, frère Laurent vit venir la tragédie.

« Frère Jean, ce n'était pas une broutille, mais un

message d'importance cruciale ! Je dois maintenant essayer d'arranger les choses ! Va chercher une barre de fer et apporte-la-moi ! »

Le frère voulait aller à la crypte où les Capulet avaient descendu Juliette : « Elle va se réveiller dans trois heures et Roméo ne sera pas auprès d'elle. Je dois l'aider. »

Il ne savait pas que Roméo avait réussi à franchir les portes de la ville et était maintenant à Vérone, en chemin vers la crypte. Mais le noble Pâris et son page y étaient arrivés les premiers. le comte voulait apporter des fleurs et de l'eau parfumée pour Juliette : « Attends-moi ici page, et siffle si tu vois ou entends quelqu'un venir.

— Oui, maître, je crains de rester seul dans un cimetière la nuit, mais si vous me l'ordonnez, je le ferai. »

Pâris se pencha sur le corps de Juliette et dit : « Oh, ma promise, je viendrai chaque jour te porter des fleurs et pleurer, car je t'ai perdue trop tôt. »

Tout à coup le page siffla à l'extérieur de la crypte. Qui venait ?

C'était Roméo et son valet.

« Laisse-moi et porte cette lettre à mon père. Adieu ! » dit le jeune Montaigu à son valet en entrant dans la crypte.

« Qui va là ? demanda Pâris.

— Un homme désespéré, répondit Roméo.

— Es-tu le Montaigu qui a été banni, après avoir blessé mon cher cousin ? C'est ta faute si Juliette s'est tuée. je vais t'arrêter et te tuer, criminel ! »

Pâris dégaina son épée et ils commencèrent à se battre, mais Roméo prit rapidement le dessus et le mit en fuite.

Le jeune Montaigu contempla ensuite sa bien-aimée. Il la croyait morte, alors qu'en réalité elle allait se réveiller bientôt.

« Oh ma Juliette, pourquoi es-tu si belle ? Ton visage est si charmant et tes joues encore si rouges. Ce tombeau était si sombre et tu l'as illuminé. Désormais je serai toujours avec toi. Mes yeux, regardez-la une dernière fois ! Bras, donnez votre dernière étreinte ! Lèvres, embrassez-la une dernière fois ! Un dernier baiser avant de boire à ma bien-aimée… et après ce baiser mourir », dit-il, l'embrassant et portant la fiole à ses lèvres.

Frère Laurent arriva peu après, mais trop tard pour changer le cours des choses.

« Pourquoi tout ce sang ? Il y a eu un combat ! Qui repose sans vie sur le sol ? Le noble Pâris ! »

Juliette commença à se réveiller et à bouger.

Elle ouvrit ses yeux et reconnut son ami : « Cher frère Laurent, où est mon cher Roméo ? Pourquoi n'est-il pas là à m'attendre pour m'emmener avec lui ? N'était-ce pas ce que nous avions convenu ? »

Le frère vit alors le corps de Roméo près d'elle.

« Ton Roméo est ici, mais il est mort. Un pouvoir supérieur que nous ne pouvons contredire l'a voulu ainsi ma chère. Viens avec moi, je te trouverai un couvent où tu pourras passer le restant de tes jours. »

« Roméo, Roméo ! » appela la jeune fille, en vain.

« Juliette, suis-moi, viens vite ! l'implora le frère.

— Non ! Je ne viendrai pas. Je veux rester ici auprès de lui.

— Vite, j'entends quelqu'un venir !

— Non, je ne viendrai pas…

— Attends-moi ici, je vais voir qui vient... »

La jeune fille prit la main de son amoureux.

« Que tient-il ? Du poison ? Pourquoi n'en as-tu pas laissé une goutte pour moi ? »

Juliette prit alors la dague à la ceinture de Roméo et se l'enfonça dans la poitrine avant le retour de frère Laurent.

Ainsi prend fin cette histoire, dans la douleur et le désespoir.

« Roméo et Juliette ont été les victimes de notre guerre », dirent aussi bien les Capulet que les Montaigu.

« Ce sont nos vaines querelles qui ont conduit à ce drame ! Nous sommes tous coupables... »

Les chefs des deux familles pleurèrent leurs enfants et se serrèrent la main : « Jurons de ne plus jamais être ennemis ! »

C'est alors qu'un timide rayon de soleil perça les nuages et réchauffa la cité.

Et ainsi la fin tragique des deux amoureux restaura la paix que les habitants de Vérone n'avaient pas connue depuis bien longtemps.

Table des matières